원산도

원산도

원산도

원산도

원산도

시아시인선 **021**

원산도
오영미 시집

초판인쇄일 | 2021년 10월 25일
초판발행일 | 2021년 10월 30일

지은이 | 오영미
펴낸이 | 김명수
펴낸곳 | 도서출판 시아북(詩芽Book)

출판등록 | 2018년 3월 30일
주소 | 대전광역시 동구 선화로214번길 21(3F)
전화 | (042) 254-9966, 226-9966
팩스 | (042) 221-3545
E-mail | daegyo9966@hanmail.net

값 10,000원

ISBN 979-11-91108-26-2

원산도

오영미 시집

시아북

보령에서 원산도를 잇는
해저터널의 쿵쿵거림

원산도와 안면도를 잇는
원산안면대교의 속삭임

내 삶에
별빛되어 속삭인다

섬 하나를 잃고
선을 얻는다

타인에게
다가갈 수 있는
선이 되기를 소망하며…

2021. 초가을

원산도 '뜰아래솔바다'에서 **오영미**

제2부

제3부

제4부

제5부

제1부

원산안면대교

섬과 섬을 잇는
마음과 마음을 잇는
바다와 하늘을 잇는
땅과 사람을 잇는
용서와 화해를 잇는

이토록 너와 나는 모든 것을 이을 수 있는 잇이 되고
싶은 거다

접안불가

'안면도 영목항 접안불가 일을 안내하오니 참고 바랍니다'
접안불가 사유는 조석 간만의 차
영목항 접안불가 시간대는
각 기항지 출항 시간이 앞당겨 출항 되니 참고 바란다는 말

섬이라는 이유 하나만으로 설렜던 적
바다 위를 건널 수 있다는 상상
무엇보다 배를 탄다는 기분이 무엇일지
궁금해 못 견뎠던 적

원산도 가는 길은 대천항과 영목항 두 갈레 길
대천항은 고속도로로 가는 시원함
영목항은 국도의 아기자기한 잔잔함이 있다

비 오는 건 괜찮지만
바람 불 땐 안 되고

조석간만의 차가 심하면 안 되고
물결의 파고가 높으면
영락없이 결항 또는 접안불가

섬에 닿는다는 것은 행운
섬에서 나올 수 있으면 대박

섬에 갇혀 나올 수 없을 때
로또를 맞았다고 생각하는 사람도 있었다

상상의 해저터널

바다 밑 컴컴한 굴에서는 아직 화약냄새가 난다고 했다
대형 수족관을 상상하듯
차 안에서 수중의 모습을 보며 드라이브를 즐기거나
터널 바깥에서 바닷고기들이 유영하는 모습을 관찰
하거나
자동차가 지나갈 때 바닷속 부양을 꿈꾸며
전율과 몽환을 기대했던 내가 바보였다
그것은 순전히 무지였고
달나라에서나 가능한 일 같은 무모한 기대였음을 안다
이천이십일년 말에 완공 예정인
대천항에서 원산도를 잇는 해저터널 얘기다

총연장 6.9㎞로 세계에서 다섯 번째로 긴 도로 해저
터널
일본 한 곳과 노르웨이 세 곳 다음
국내로는 최장 거리다
현재 공사착수 11년여 만에 양방향 관통돼
공사관계자들은 이미 통행을 하고 있다
바닷속 80m 아래 터널을 뚫어

대천과 원산도 90분 거리를 6분으로 단축한다지

10년 반 동안 바다 밑 4차선을 하루 2m씩 길 없는 길을

뚫은 셈이다

위대한 막장

산이 아니다
바다 밑의 이야기다

현대건설이 4,600억 원을 들여 2010년 12월부터 양
방향에서 바다 아래로 길이 6,927m 터널을 8년 6개월
간 팠고 2019년 6월 10일 두 구간이 만나 관통 마무리
작업까지 아직도 2년이 더 걸려 연인원 25만 명의 작업
자 투입했고 굴을 뚫기 위해 한 번 폭파에 120~300cm
씩 전진 바다 아래 암반 사이에도 해수가 흐르고 있어
보령해저터널에 투입된 화약 약 1,125t 폭파하고 파낸
흙과 바위는 120만㎥ 15t 덤프트럭 18 만대 분이 나왔
단다

터널이 완공되면 보령에서 안면도까지 10분이면 갈
수 있다 원산도 주민 천여 명도 하루 세 번 운행하는 배
없이 육지를 오갈 수 있게 되었다 막장에서 120cm씩,
한 걸음씩 삼천오백 번을 전진하며 관통에 성공 이제
대명리조트에서 원산도 태안 앞바다를 내려다볼 수 있
는 자리에 서해안 최대 규모 리조트 건설을 추진 중이

라니 기대된다

굴의 막힌 부분을 뚫는 일
끝장 드라마의 연출이다

적폐 다리를 지날 때마다

최선장 휴대폰에 저장된 이름 문지기 기억하기 좋은
이미지 특이한 생김새와 하는 일에 따라 저장하는 이름
이 달라지기 마련 나도 덩달아 문지기라 저장했다

원산 안면대교가 개통되려면 4개월 정도 남았다 지역
주민과 관계자들이 통행증을 발부받아 통행하지만 문
지기의 묘한 눈빛은 자꾸 거슬렸다 마침 펜션을 리모델
링 해야 했고 작업자들이 통행해야 하는데 이만저만 눈
치를 주는 게 아니다 툭하면 약속을 잡아 놓을 테니 소
장을 만나라는 것이다

통행증은 하나인데 여럿이 드나들어야 하니 커피와
치킨, 소주, 빵 등을 수시로 줬지만 소용없었다 참, 답답
하네! 알려줘도 못하니 원 쯧쯧 혀를 끌끌 차며 나에게
핀잔주는 게 보통 아니다

맘 같아선 확 들이받고 따지고 싶었지만 참는 게 약
이라고 이를 꽉 다물었다 아, 여기로 다니지 않으면 뱃
삯을 내야 할 거 아뉴 안그류? 생각 좀 해 봐유 아쉬운

건 내가 아뉴 그쪽이 사정하지 내가 사정할 게 뭐 있대
유 그렇잖유 버티다 버티다 작업자들의 조언에 따라 봉
투를 만들어 소장을 만나자고 했다 문지기의 안내대로
약속장소에서 소장을 만나 주머니에 봉투를 찔러줬더
니 한결 부드럽다

　그 후 작업자들의 통행에 무리는 없었으나 2주 정도
지나니 약발이 떨어졌는지 또 푸념했다 엔간히 우려먹
어야지 아, 언제까지 드나들꺼여 여기가 거시기 전용
인감?

　생각 같아선 모두에게 쑥대밭을 만들고 싶었지만 참
았다 살살 달래고 어르는 것이 이기는 것이라 작업이 얼
른 끝나기만을 기다렸다 다리 하나에도 이런 적폐가 통
하고 있는데 다른 곳에야 말할 것도 없지 않으랴 그러
려니 해야 하는 현실에 살고 있다는 것, 우리나라가 이
런 노상 잔치마당이다

갈등, 원산도 가는 길

이제 배를 타고 가지 않아도 되는 섬
안면도 지나 고남 다다르면
가칭 원산 - 안면대교 공사장이 보인다
원산도 지역주민들은 통행증을 발부받아 다니고 있다

아직 다리 이름 가지고
안면 도민이 도로에 플래카드를 붙여 놓고 시위 중이다
다리 이름이 안면도를 죽이고 있다나 뭐라나
다리 하나 가지고 서로의 이권만 주장하고 있으니 한심하다

태안군은 안면도 상징인 소나무 이름을 딴 솔빛대교로
보령시는 원산대교로
충청남도는 천수만대교를 제안했지만
도 지명위원회는 원산 - 안면대교로 의결했다 한다

죽고 사는 일
주민갈등의 원인
모두 그들만의 힘겨루기에 불과한 옹고집
사람들은 다리를 튼튼하고 안전하게 건설하기만 바란다

언론과 방송에서 부추기는 것처럼
정작 주민들은 개의치 않고 있음을 모르는 것일까
그간 원산도 도서島嶼민들 많이 불편하셨쥬?
말도 많고 탈도 많은 그 다리 추석 연휴 때 임시개통
한답니다

원산안면대교 개통

2019. 12. 26. KBS 뉴스를 듣는다

통쾌하다, 원산안면대교 개통
통행 때마다 태클 걸었던
얄궂은 문지기 아저씨 안 봐서 통쾌하다

가뿐히 마음대로 통행할 수 있어서
시간제한 없이 오갈 수 있어서
다리 이름 때문에 고심하더니 결정이 나서

착공 9년 만에 개통된 다리
정식개통이라니 족쇄가 풀린 듯
바람도 그물에 걸리지 않고 신나게 분다

전국에서 6번째로 긴 해상교량
원산도에 리조트와 해상케이블카가 조성되고
태안 영목항에는 전망 타워도 설치한단다

2021년도에는 원산도와 대천항을 잇는
국내 최장 해저터널도 완공된다니
속이 뻥 뚫리는 듯 체증이 가라앉는다

섬으로 단절되었던 섬사람들의 일몰
해 뜨는 서해 관광지로 지도가 바뀐다
이제 원산도는 섬 밖의 섬 아닌 선이다

원산도는 지금

원산도에는 항이 세 개
돼지 코를 닮았다 하여 저두항
원산도의 중심 상권이 있는 선촌항
국가 주요 시설물인 지적삼각점이 있는 초전항

휴양하기 좋은 섬
충남에서 안면도 다음으로 큰 섬
안면도는 이미 육지가 되었으니 원산도가 가장 큰
셈이다
허나 이미 다리는 이어졌고 2019년 9월이면 임시개
통으로 통행한단다

연륙교는 대천항에서 5.7㎞를 잇고 2.4㎞는 해저터널로
잇는다
오천성의 수군절도사로 연락을 취하던 봉화대가 있는
오봉산
그 반대편엔 오봉산해수욕장의 백사장이 펼쳐 있다
백사장 모래는 유리 만드는 원료였다지

섬엔 번듯한 식당이 없다
아이들이 즐길 만한 놀이시설도 없다
썰물일 때 개펄에서 조개잡이를 하려면 마을 주민이
감시한다
마치 70년대에 멈춰있는 듯 시간이 흐르지 않는 곳

섬이 그리워 섬을 찾았던 순정
날씨 탓을 할 수 있었던 낭만
핑계 댈 일이 없어진 지금
원산도 다리 밑에서 흐르는 물은 어디까지 갈 수 있을
까를 고민한다

풋살 초전마을

원산도에서는 초전을 풋살이라고 부릅니다

풋살 앞에 있는 바위를 풋살여라 합니다

만조 시에는 잠기고

저조 시에는 드러나는 암초입니다

여, 서, 암, 탄으로 불리기도 하는 바위섬

풋살 여자들이 조개를 잡으러 갑니다

남자들은 캔 조개를 실어 나르는 일을 도와줍니다

초전 사람들의 삶이 고스란히 쌓여있는 풋살여

웃었다 울었다

미웠다 그리웠다

잠겼다 드러나는 바위섬처럼

붉그락 푸르락 사람을 약 올리기도 합니다

달방 살았던 사람들

뜰아래솔바다펜션에 노을이 물들 무렵 해저터널 공
사하는 사람이라며 달방 줄 수 있냐고 물었다

4명인데 한 달이 넘을 수도 있고 일찍 끝날 수도 있다
고 했다

인적 없이 비워놓느니 인기척이라도 느낄 수 있으면
좋겠다 싶어 내주었다

그들이 퇴근하면 주변을 산책하며 내 집처럼 깔끔하게
관리해 주었다

뜰 마당에 그늘막 쳐 주어 구름 몰아 쉬어 가라 했지

늙은 솔가지 긁어모아 땅에 거름 되라 수북이 쌓아
놓았지

흩어져 있는 벽돌 날라 네모 탑 만들어 별을 보았지

낡은 깡통을 손질하여 소각로로 탄생시키는가 하면
마당 우물가에 널브러진 조개껍데기 빗물로 늘어진 천
막을 일일이 손보며 내 걱정 많이 했던 사람들

　뜨내기들 하루 왔다 머물고 가는 사람보다 오래 머물며
여럿이 함께 식구같이 살고 싶다는 생각이 들게 했던
사람들

원산도의 겨울

빈들처럼
앙상한 가지이듯
섬사람들은 겨울에 뭍으로 떠납니다

추수가 끝나고
열매를 따고 난 후
빈 몸인 것처럼 집을 비워놓습니다

바지락 캐느라
굴 캐느라
낙지 잡느라 바빴던 계절 보내고
손주 손녀가 있는 아들딸네 집으로 갑니다

섬에서 겨울이란
아무 소득 없는 쓸쓸한 바다일 뿐
괜히 보일러 돌리며
에너지 낭비할 필요가 없다고 생각합니다

어차피 혼자 지키는 집
봄과 여름과 가을은 쉴 만한 터
겨울은 비싼 연료 때며 소비하느니
핑계 삼아 떠나는 것입니다

늙은 어머니 아버지의 삶이 녹아 있는 곳
자식의 고향은 그리움으로만 있습니다

쓸쓸함을 달래고자 떠나는 원산도의 겨울
손주 손녀와 따뜻한 겨울을 보냅니다

섬사람들은 겨울에 섬에 있지 않습니다
앙상한 가지이듯
빈들처럼

지금은 없습니다

원산도 원의중학교는 사립으로 2016년 5월 31일 폐교된 학교입니다 55년 전인 1964년 11월 13일에 설립 인가를 받고 1965년 3월 12일 개교했습니다

제가 태어난 해와 같다고 생각하니 꽤 오래되었습니다

교훈은 경천, 애향, 근면입니다 교목은 소나무이며, 교화는 장미입니다 남녀공학 3학급으로 아담했으며, 1968년 1월 9일 제 1회 졸업생을 배출했습니다

개교한 지 3년 만에 역사적인 날이 아닐 수 없습니다

1985년 9월 1일에는 5개의 교실을 증축하기도 했습니다 섬 지역에 중학교 교실을 증축한다는 것은 꽤 큰 희망이며 원산도 섬의 장래가 밝다는 증거였습니다

55년이 지난 최근엔 학생 수가 줄어 운영할 수 없었겠지요

지금은 대한민국에서 없어진 학교 명단에서 찾아볼
수 있습니다

　원산도에는 광명초등학교도 있습니다 전체 학생이
19명입니다

　젊은이가 없으니 자녀들이 있을 리 없습니다

　어린이를 발견하는 일은 내가 아이를 낳는 일과 견줄
수 있을 만큼 귀한 풍경입니다

　연륙교가 개통되고 해저터널이 뚫리면 중학교와 초등
학교가 부활을 꿈꿀 수 있을까요

세 개의 여*

원산도에는 세 개의 여가 있다

초전을 풋살이라고 부르며 풋살 앞에 있어서 풋살여
간출簡出 높이가 4.2m 되는 바위

노루목쟁이에서 따로 떨어져 있어 노루목쟁이딴여
간출 높이는 0.1m 로 비교적 낮은 바위

옹기 실은 배가 암초에 좌초되면서
배 안에 있던 물건들이 곯았다는 의미의 고른여
간출 높이는 3.4m의 바위

원산도 여에는 세 가지 유형의 그림자가 있다

* 물속에 잠겨 보이지 않는 바위

원산안면대교를 지나며

뾰족에 찔리는 것은 면했다

나의 둥근 상처

만나러 갔던 길과

되돌아오는 길이

사뭇 다른 듯 같은 일방이었음을

천상 우리는 붙어 있으면 안 될 것 같아

우물가에서

구르는 돌멩이와
키 큰 소나무와
구애에 지치지 않는 매미 울음소리

심지도 않은 봉선화가 매년
마당 우물가에 방그르르
마중 나와 정겹고

기둥을 타고 오르는 등나무
옷깃도 어여쁘다

동트는 이른 아침
햇살에 가는 허리 흔드는 코스모스
사랑스럽다

온갖 것들이 깨어
내가 살아있음을 증명해주니 고맙다

나는 아무래도 이곳 원산도에서
삽질하고 호미질하는
섬 아낙네가 되어야 할 것 같다

새벽 섬

수면의 데칼코마니로 비치는 섬 불빛

맞은편 고대도 항구가 보인다

집마다 켜놓은 전구의 화려한 페스티벌

선박의 모터 소리가 앞마당까지 올라와 잠을 깨운다

바다를 지키는 등대 불빛은 잠도 없이 깜박이고 있다

비바람 습하고 물소리 찬데

고대도 마을 파란지붕이 선명하여

나는 떠나는 배만 바라본다

소설, 고 씨의 근친

고 씨가 낳은 새끼는 다섯 마리다

고 씨의 엄마는 고씨 보다 열흘 먼저 두 마리를 낳았다

그중 한 마리는 이미 죽어 있었다

고 씨의 엄마는 새끼 돌보는 일에 취미가 없어 보였다

젖도 잘 물리지 않고 먹는 것에 관심이 없고 틈만 나면 발정의 소리를 냈다

집사는 고 씨의 엄마가 하는 행동이 얄미웠다

아무리 봐도 하나 남은 새끼까지 죽게 생겼다

반면 고 씨는 고물고물한 새끼들을 잘 돌봤다

집사의 궁리 끝에 고 씨에게는 미안하지만 고 씨 엄마의 새끼를 슬쩍 끼워 넣었다

고 씨는 업둥이를 차별하지 않았다

밀어내고 외면할지 모른다는 염려는 기우에 불과했다

오히려 업둥이를 끔찍이도 사랑했다

아마도 제 자식인 줄 착각하는지도 모르겠다

열흘 먼저 태어났으니 세상 물정도 좀 일찍 눈 떠 애교도 많았을 것이다

고 씨와 고 씨 엄마의 남편은 같다

고 씨 엄마가 임신한 후 고 씨의 배도 서서히 불러오는

게 이상했다

설마가 사람을 잡는다는 것이 이런 거구나 생각했었다

고 씨 세계에선 아무렇지도 않은 질서인지 모르겠다

긴 세월 집사가 키우다보니 그렇게 되었다

설마했던 사건이 눈 앞에 펼쳐지고 나서야 집사도 깨달았던 부분이다

그렇다고 고씨나 고씨 엄마가 남편에 대해서 시기하거나 질투하는 면은 발견하지 못했다

고씨는 여전히 젖을 잘 물렸고 대소변을 직접 핥아가며 사랑을 듬뿍 주었다

2주가 지나자 서서히 감고 있던 눈을 뜨기 시작했는데 형제들 중에도 발육이 빠른 녀석이 있기 마련이다

젖을 빠는데 적극적인 놈이 덩치가 클 뿐 아니라 눈도 빨리 떴다

어느 날 새끼들이 단체로 눈병을 앓았다

눈곱으로 실리콘을 쏜 듯 모두 눈이 지퍼처럼 잠겨 있었다

동물병원에 가서 진찰한 결과 바이러스라며 너무 어려서 주사를 놓을 수 없으니 안약과 연고를 발라주며 지켜보자 했다

하루 세 번 열심히 치료한 결과 그중 덩치가 큰 놈들은 쉽게 나았는데 막둥이 무녀리는 체력이 약해서인 지 오래 지나도록 낫지 않았다

나은 듯하다가 또다시 재발하는 것이다

사람도 가족 중 제일 약골에게 관심이 가듯 동물도 마찬가지다

새끼 여섯 마리 중 살 것 같지 않게 보이는 막둥이가 안쓰러웠다

젖도 맨 나중에야 차지가 오니 영양도 부족했겠고 집사가 별도로 분유를 타서 먹여도 잘 먹지 못했다

당연히 살도 안 붙고 키도 자라지 않았다

깡마른 몸매로 활동량도 적어 형제들에게 치였다

집사는 막둥이를 격리하기로 마음먹었다

아기 사료를 먹기 시작하면서 내린 특단의 조치다

그렇지 않으면 굶어 죽을 것만 같았기 때문이다

까딱 눈병이 심해져서 시력을 잃을 수 있다는 의사의 말에 겁이 덜컥 났었는데 다행히 열힘히 치료한 결과 막둥이는 서서히 시력이 회복되었고 체력도 건강해졌다

이제 고씨가 새끼를 출산한 지 두 달이 되어 간다

마음 같아선 다 키우고 싶지만 순전히 나의 욕심이고 새끼들한테도 불행일 것 같았다

페이스북에 분양광고를 냈다

절친 동생 광식이가 직장 동료 부탁으로 두 마리 예약해서 가져갔고

서울 사는 벼리 님이 주말을 맞아 서산에 와서 한 마리 픽업해 갔다

당진 사는 정 시인이 한 마리 예약했고

홍성 사는 최 시인이 한 마리 예약을 한 상태다

대전에 있는 거래처 직원이 한 마리 부탁하였으니 거의 다 분양을 한 셈이다

그러고 보니 하나둘 울을 빠져나가 집안이 휑했다

내가 적극적으로 분양을 하는 까닭은 더 이상 근친상 간의 새끼들을 낳지 않게 하기 위함이다

집사로서 새끼들을 보면 모두 예쁘고 귀여워서 타인 에게 주기 싫어진다

안쓰러워 모두 키우다 보니 이런 일이 벌어진 것이다

눈병으로 실명 위기까지 갈 뻔했던 막둥이 이놈은 안방 에서 키우다 보니 정말 예쁘다

내가 자고 있으면 어느새 겨드랑이에 찰싹 붙어 있거나 배 위로 올라와 내 얼굴을 물끄러미 바라보고 있다

그 모습이 하도 귀여워 등을 쓰다듬어주면 꼬리를 살랑 살랑 흔들며 그르렁거리며 그루밍으로 보답한다

발가락을 깨물기도 하고 놀아달라고 보채기도 하는 막둥이

엊그제까지만 해도 응가를 못 가려 애상이었는데 지금은 신통하게 잘 가리고 스스로 몸단장을 한다

오늘도 하루를 닫고 퇴근을 하면서 고 씨와 고 씨의 엄마가 낳은 새끼들을 생각한다

그중 무녀리 막둥이 녀석이 뭘 하고 있을까 궁금해지는

순간이기도 하다

안방 문을 열며 '막둥아', '막내야'하고 부르면 장롱
구석에서 꼬물거리며 나와 기지개를 켠 후 살금살금 걸어
온다

아무래도 요 녀석은 내 곁에 두고 같이 식사를 해야
할 것 같다

막둥이마저 분양하고 나면 내 몸 자궁까지 다 들어낸
기분이 들것 같기 때문이다

제2부

금계국

송화가 날리면 창이 노랗다
황매화 꽃봉오리 앙다물 때
금계국에 달라붙어 꿀을 빠는
벌과 나비 닮은 노란 꽃가루 날린다

총총 군락을 이루는
사월과 오월의 노란 꽃들이
송홧가루처럼 보인다

바람에 매달려 번식을 꿈꾸는 야생

점점 머리는 또렷해지고
맑은 이슬 촉촉한데
낮에 본 송화의 색만 선명해진다

이 섬에도 노랑이 있을까
잠 오지 않는 밤의 선명이
갯바위 중간쯤 매달려 울고 있다

사방 어둑해지려 할 때

걸어가고 있었어
갈바람도 잊고 지낸 그 사람
홀연히 홀홀 털고 떠난
마음 줄 것도 아니면서 온기 품었던
그해의 겨울이 생각난 건 순전히
그 길 때문이었어

그날도 벙어리장갑을 끼고
털 장화를 신고
카키색 캐시미어 목도리를 두르고
마을 길 지나 오봉산 자락 뚜벅거렸지
마른 나뭇잎은 쉽게 부서지는 내 의지처럼
소리만 크게 찢어 올리고 있었지

오봉산을 등산하는 사람은 많지 않았어
게다가 겨울이었으니 더 심했지
산이라기엔 좀 쑥스러워
그래도 원산도에서는 가장 높은 산이야

백 미터도 안 되지만 봉화대 터도 남아 있어
오천 수영과 홍주목사를 거쳐 서울까지 전달했대

하릴없이 하루가 길게 느껴지면
허기진 비린내조차 그리워
사방 어둑해지려 할 때
시린 별 뚝뚝 떨어져 뒹굴었지
아무렇지도 않은 척
초승달 맞으러 뚜벅뚜벅 걸었던 길

서해 그곳

서해 그곳, 너

바다를 품은 섬
바다에 물들다
바다가 죽도록 좋아

너, 서해 그곳

바다를 노을이
바다가 노을을
바다는 노을에게

그곳, 서해 너에게로
아무도 눈치채지 못하게
물드는 섬

몸살

3년 전 낯선 땅에 심은 묘목이 나였다

해마다 꽃 피우길래 옮겨심기로 했다

간신히 자리 잡고 꽃방석 앉으려 건만

잔뿌리 굵은 뿌리 다 잘라 놓고

파놓은 웅덩이에서 살라 하네

한여름 몸살로 잎새 마르더니 우수수 다 떨어진다

올해는 글렀어 꽃피우기는 다 글렀어

낯 가리는 숫처녀처럼 끙끙 앓는다

은빛 바다

당신 생각이 나서 바다로 내려갔습니다

바닷고기가 폴짝 튀어 오릅니다

어쩐 일인지 당신일 것만 같습니다

당신도 내가 보고 싶었던 거죠

내게는 물속 당신이 더 은빛으로 보입니다

바다 커피 만들기

설탕 대신 햇빛 넣을게요

프림 대신 구름 넣을게요

잔 속에서 커피가 자라나요

풀꽃으로 햇빛을 만들어요

바람으로 구름을 만들어요

바다에서 커피를 마시면

자꾸 그 사람 생각이 나요

갈비뼈 통증

밟으면 밟을수록 기승을 부리는 풀
누가 풀뿌리 정신이 민주주의 뿌리라 했나
나는 징그럽고 넌더리만 나는데

지역 공동체 참여 민주주의는
풀뿌리가 없으면 민중은 사라지는 것이라 하니
참으로 아이러니에 아주까리다

고개 들어 하늘 올려다보다 발견한 몹쓸 것
지붕 처마 배수구에 솔가지가 쌓여 있다

처음 공사 때부터 적립해 둔 퇴비
거기에서도 풀이 자라고 있었다

혼자 사다리를 타고 올라갔지
욕심이 하늘을 찔렀지
솔가지는 나를 비웃는 듯 꿈쩍하지 않았지

공중 낙하 갈비뼈 통증

사다리에서 떨어진 이유가 거기 있다

리모델링

오래 남을 수 있는 시를 쓰자
다짐하고 작정하고
큰맘 빌어 마련한 공간

뱃길로 바지선에 자재를 실어 지은 집
바닷가 근처 습기가 만만치 않았지

무덥던 여름 지나면
어김없이 벽지에 곰팡이가 슬었다

창틀이 삭아 부스러졌고
화장실 타일에 금이 가 누수로 물이 흘렀다

사람이 살지 않으니 온기도 없어
눅눅한 냄새로 손님 받기도 민망했다

보일러만 교체하자 작정했던 시작이
외부방수 부엌 화장실 데크 싱크대 벽지 가구 이불
손대다 보니 전체 리모델링이 되어 버렸다

집 고칠 때는 빚을 내서라도
완벽하게 하라는 동네 어른 말씀

째는 살림에 에라 모르겠다
가 보는 데까지 가 보자
무작정 완벽을 향한 나의 질주가 시작되었다

새들의 둥지

여기는 새소리가 끊이지 않는 곳이야
이름은 잘 모르지만
작고 귀여운 새들이 종일 지저귀거든

그 소리 들으며 눈을 감고 눈을 뜨고
그 소리에 기분이 좋아지고 행복해지고
여하튼 나는 새소리를 매일 듣고 있어

여기가 청정지역이니까
새들이 살기 좋은 환경이니까
매일 놀이터처럼 놀러 온다고 생각했어

새장에 가두며 기르는 새 말고
모이를 주지 않아도 보채지 않는
자연 그대로 날아다니는 새가
내 곁에 있어서 고마웠지

어느 날 들마루에 앉아 하늘을 보는데
새들이 나뭇가지를 물고 와

지붕으로 들락거리더라고

가만히 보니 거기가 그들의 둥지였던 거야
유난하다 싶을 정도로 새들의 지저귐이
바로 기와지붕 속 새끼들이었다는 걸 알았어

뱀이나 박쥐가 아니어서 다행이야
정말 고마워 새들아
지붕 튼튼하게 잘 메꿔주렴

이런 사람도 있었어

부부라면 저럴 순 없어
꽃무늬 원피스에 뾰족구두 원추리 그녀
하프 쫄바지에 쫄티 족제비 그 남자

두 입속에서 동시에 나온 말이라곤
뭐야, 아무것도 없네
우리가 상상했던 곳이 아니야

논바닥에 건물만 지어놓고 뭐 있어?
사람이 있나 식당이 있나
어떻게 해수욕을 해!

나무도 있고
바다도 있고
새도 나는데

매미도 울고
노을도 있고
파도가 소리를 내는데

아무것도 없다니

사람은 다를 수 있으니 탓하지는 않겠다만
그 상상력에 날개를 달아주지 못한 죄

그들의 머릿속을 알 수가 있나
다음엔 와서 뭘 할지까지 예약하시라

다음이란 건 있지도 않겠지만
부디 안녕하시게

생떼 쓰는 사람들은 싫어요

새 떼는 질주하고

산 떼는 너울을 만들고

물 떼는 흘러 어디로 망명하려 하는가

TV 속 온갖 노조들

노동자와 사용자의 사이엔 영원히 풀지 못할 수수께
끼가 있다

원산도 초전항 방파제에 묶여 있는 어선의 깃발들이
흔들린다

훌렁 지나는 것들에 종일 흔들려야 했던 하루

신 등대지기

망망대해에 불 밝히는 일은
먼바다 깜박이는 빛의 등대지기처럼
사명감 가지고 하는
그래야 환해지는
환하게 비출 수 있는
그러나 지금은 그것도 소용없는
컴퓨터로 대체되어 사람이 필요 없는
10급 공무원 등대지기 일
이제는 10급 공무원이 폐지되었다는
외딴섬 등대는 무인등대로 바뀌고 있다는
그래서 얼어붙은 달그림자가 물결 위에 차지도 않고
한겨울의 거센 파도 모으지도 않고
거룩하고 아름다운 사랑의 마음도 사라지고
쓸쓸하거나 적막하거나 피로하여
파도가 잠들지 않는
저절로 불 밝혀 어둠 깨우는

신비한 섬

섬은 아무것도 없어야 섬이라고 생각했었네

사람은 없고 바위와 갈매기
바다와 등대만 있거나

돛 단 조각배와 바람과 구름
어선 머리
닻을 내린 밧줄이 엉켜져 있거나

그래야 섬 맛이 날 것 같았던 상상
나의 그것이 보기 좋게 빗나간 원산도元山島

평지처럼 드넓은 논과 밭
꽤 넓고 긴 저수지와 학교 가는 길

원산도 인구는 천 삼백 명이 넘고
주민 삼 분의 일이 농사를 짓는다니

쌀과 보리, 고구마와 콩을 심고

멸치, 대구, 까나리, 새우로 젓 담고
미역, 김, 바지락, 낙지, 소라 등을 잡으며 사는 섬사람들

보건소와 경찰서, 면사무소, 우체국, 초등학교, 중학교
펄럭이는 태극기를 보면서 섬이 아니라고 생각했었네

해안의 모래가 유리를 만드는 원료로 쓰였다니
소나무가 우거진 구릉지대로 평안하다니

알면 알수록 까면 깔수록 양파같이 신비한 섬

배는 알고 있었다

대천항에서 선촌항 행 표를 끊고 무의식적으로 주변을
둘러본다

난간에 기대 바다 훑어보기를 한 후 새우깡 봉지를
뜯는다

여객선의 뒤꽁무니에 사람들이 모인다

좌판에 앉아 안주로 소주를 마신다

새우깡을 손끝에 쥐고 창공을 향해 높이 팔 벌리면 순식
간에 갈매기가 낚아채 간다

그걸 즐기려고 새우깡을 산다

사람들은 서로 사진을 찍어주고 찍히기도 하면서

세상 만끽하는 웃음을 보내며 즐거워한다

저마다 짝이 있어 어깨를 툭 치기도 하고

웃어 죽겠다며 꺽꺽 숨 막히는 소리도 낸다

내가 혼자인 것을 아는 배는 아무런 의심 없이

사랑 싣고 이별을 싣기도 하며

하루 세 번 오고 간다

조개더미가 수두룩했네

마을 길 걷다 보면 하얀 조개껍질로 밭둑 만들고

마당 깊은 곳 메우는 용도로 산더미처럼 쌓아 놓은 패총
자주 볼 수 있네

원산도의 조개더미는 삼국시대 부터 쌓아졌다지

중앙 마을 진촌리에서 초전마을에 이르기까지

크고 작은 조개더미가 수두룩했네

유물로는 문살무늬를 두드려 찍은 토기 조각과 민무늬
토기 조각이 출토되었다지

어머니의 어머니

할머니의 할머니로 이어진 원산도의 패총

대대손손 먹고 사는 일의 밥이 쌓여있네

밟으면 바스락거리며 소리 내는 일

하얗게 가루 되어 환생하는 인생 덤이라네

물 폭탄

찌릿 쾅쾅
하늘 찢어진다

섬광의 벼락 하늘을 가르고
물 폭탄이 빗금으로
격자무늬 창 뚫을 기세다

원산도에서는 비 오는 날
어둠도 일찍 찾아든다

칠흑 같은 밤

아무리 잠을 청해도
죽어라 눈 감아도
머릿속만 하얘지는 적막

사방 어두운 장맛비 소리에
애꿎은 당신 보고 싶다

제3부

동행

어디라도 함께여서 고맙고
그것이 당신이라서 고마워요

　나이 쉰 훌쩍 넘고 보니 외로움이라기보다는 무서움이
앞선다

　근력도 예전 같지 않고 마음도 점점 약해져 불안을
자주 느낀다

　혼자라서 뱃속이 편했던 시절은 잠깐,

　화끈한 육정六情을 원하지 않지만

　내 옆에 누군가 함께 있다는 든든함을 느끼고 싶다는 것

　내가 그걸 간절히 원하고 있다는 걸 깨닫게 되다니!

　이날 오기를 얼마만큼 꿈꿔왔는지 아무도 모른다

파산

당신이 흔들리면
나도 같이 흔들립니다

일본 유학파 안경사라서 결혼했습니다

우린 따로 사업을 했습니다

그가 직업 외도를 하였으므로 내가 일을 하기 시작한
것입니다

그 사람은 마트를 운영했고, 나는 아동복 가게를 운영
했습니다

사업이라는 것이 미래를 예측할 수가 없기에 굴곡이
많습니다

하루 매출 때문에 웃었다 울었다를 반복하는 것이죠

불분명한 미래가 싫어 이혼을 결심했습니다

오랫동안 열심히 일했지만, 운이 따라주지 않았던 그 사람

아이의 아버지고, 며느리의 시아버지고, 손주들의 할아버지인 그를

못 본 체할 수가 없었습니다

그때 내가 그 사람에게 한 말이 있습니다

'지금까지 살아온 것처럼 제발 살지 않는다고 약속해요'

가까워질 수는 없는 걸까

이젠 마음 상처받고 싶지 않아요
그냥 서로 좋은 모습만 보고 싶군요

이대로 가까워질 순 없는 걸까?

물음표를 던지고 느낌표로 가고 싶은데

다툼없이 감정 상처받지 않도록 살얼음판 걷고 있는데

아직도 우린 그저 그런가 보다

왜 우린 다정한 말투 보내지 못하는가

그럭저럭 늙어가며 위안으로 삼고 싶은 마음도 가진다

빨리 일을 그만두어야겠단 생각뿐

그래야 우리가 서로 얼굴 붉힐 일 없다는 기대감뿐

2020년 제야의 종소리를 들으며 소주를 마셨다

2021년 아침을 맞으며 변한 건 하나도 없는데 모두
새롭다고 한다

이것이 우리를 슬프게 하는 것이다

나이 들수록

당신이 아플 때 병원에 함께 갈게요
내가 아플 때 당신이 함께 가면 좋겠어요

벌써 일 년이 지난 얘기가 되어버렸다

나는 일정이 있어 이미 예산에 있었고 집엔 그 사람과
동생이 꿈나라를 여행할 시간이었다

갑작스러운 동생의 전화는 매우 당황하고 겁먹은 목소리

거친 호흡과 더듬는 말투에서 긴급상황임을 감지할
수 있었다

그 사람은 혈변을 보고 쓰러져 의식을 잃고 있는 상태

119와 112로 긴급연락을 취해 응급실로 옮겨져 치료
를 받는 사이 난 서산의료원 응급실에 도착했다

워낙 상황이 위급하니 닥터헬기로 천안단대병원으로 이동할 테니 그곳으로 오라는 것이다

다행히 위급상황을 넘기고 입원실로 옮겨 필요한 시술과 수술로 안정을 찾기 시작했다

"담배와 술은 절대 안 됩니다 끊으셔야 해요"

주치의와의 철통같은 약속을 하고 퇴원한 지 1년이 되었다

대장암 예방을 위한 수면내시경을 해야 하므로 동반자인 내가 운전하고 함께 병원에 동행했다

나이가 들어갈수록 옆지기 밖에 없다는 말이 실감 난다

잘났거나 못났거나 내 서방, 내 마누라가 최고인 거다

자식한테는 부담될까 봐 나쁜 일은 아예 연락하지 않게 되고

연락한들 아무 불평 없이 당연히 영순위로 달려와 줄 턱이 없기 때문이다

갈퀴

등이 가려우면 누가 긁어줄까
밭의 잡초를 긁으려고 갈퀴를 샀다

영농기계를 사고, 그것을 등록하고, 그 증거로 면세카
드를 발급받았다 모든 것은 시작이 있고 순서가 있는 법
농사에 대한 지식 없이 밭을 일구려 삽질하는 우리는 매
년 풀과 전쟁을 해야 했다

예쁘게 갈아 놓은 밭이랑이 가슴을 설레게 했던 때가
얄미울 정도로 밭에서 농사를 짓는다는 것은 그야말로
풀을 이겨야 가능한 일이다

봄이면 밭을 갈고, 씨를 뿌리고, 물을 주고, 풀을 뽑
고......

그런 것이 귀찮고 성가스러워 나무를 심기 시작했다
매실나무를 심고, 감나무를, 대추나무를, 무화과나무를,
사과나무를 심었다 다행히 땅은 기름져 반송과 적단풍,

청단풍, 벚나무 등 잘 자라주었다

하지만 항상 고민인 것이 바로 풀이다 밭이 거름지니 풀도 잘 자라 잠시 한눈을 팔면 키만큼 자라 앞이 보이지 않았다 쑥은 또 왜 그리 많은지...... 쑥대밭이라는 말이 실감 났다

트랙터로 땅을 뒤집고 풀 약을 줘도 부지런하지 못한 농부에겐 역부족이었다 묵은 풀이 죽은 채로 하늘을 찌르고 있는 게 보기 싫어 예초기를 사기로 했다 아침마다 일주일을 출장 다니며 예초기로 풀을 깎는데 만만치 않았다

그래도 이발을 한 듯 깎은 풀이 누워 있으니 보기는 좋다 그 누워 있는 억센 풀은 거름도 안 될 것 같아 긁어모아 처리하기로 의견을 모으고 갈퀴를 샀다 갈퀴로 밭을 긁어주면 흙들도 시원하다 춤을 추겠지

내 등이 가려울 때 당신의 손 갈퀴로 긁어 줄 것을 상상하면서

연애와 결혼에 대한 착각

꽃이 흔들린다
꽃을 흔들었다

연애는 환상이고 결혼은 현실이라는 말이 생각난다

붕어 씨와 연애하는 기간이 있었나 할 정도로

남들이 하는 연애 기간이라는 것은 손꼽을 만큼 희미
하다

처음 그는 공주 명학쇼핑에서 형과 함께 안경원을 운
영하고 있었다

전영록의 잠자리 테가 유행하던 시절

멋 내기 안경으로 빨간 잠자리 테로 보안경을 맞추러
간 것이 인연이 될 줄이야

그는 국내에서 몇 안 되는 일본 유학파로 안경 분야에서는 엘리트였다

키도 작고, 얼굴은 그저 그렇고, 말투나 옷차림도 세련되지 못했지만

성품과 편안함 그리고 유망직업으로 굶어 죽진 않겠다는 확신으로 선택한 사람이다

가진 것도 없고 집안 배경이 화려한 것도 아니었다

그 시대에 일본 유학을 다녀왔다는 것이 큰 점수가 되었던 게 사실이다

그에 더해서 '이 사람은 절대로 바람 따위로 마누라 속은 썩이지 않을' 거라 확신했다

그 사람도 남자였고 남자는 꽃 앞에서 흔들리지 않을 리가 없었다

풀 메는 호미양

호미를 들고 그를 따라다녔다
텃밭의 고랑을 파고 상추도 심었다

연애 같지 않은 연애를 했고

멋모르고 결혼도 했고

어찌하다 보니 아이도 낳았다

보석 같은 아들을 키웠다

그 아들이 장가를 갔고

장가가더니 자식을 낳았다

첫째 손녀를 낳더니

둘째 손주를 선물로 안겨주었다

그것도 잠깐

아들은 아내한테 충성하고

남편은 아내를 닭 쳐다보듯 하고

그저 나는 호미 들고 풀이나 메고

중요하지만 막상 중요하지도 않은 것

삽질하는 붕어씨

바람은 비를 기다리지 않고
배는 사람을 기다리지 않는다

둠벙을 좋아하는 사람

붕어낚시를 사랑하는 사람

찌에 지렁이를 끼우며 행복해하는 사람

어디든 땅을 보면 웅덩이를 파고

연못을 만들고 싶어하는 사람

하는 일 없어도 저수지 어느 귀퉁이에 좌대 펴고 시간을
낚는 사람

날 새는 줄 모르고 어둠 속에서 형광 찌만 응시하는 사람

봄과 가을

여름과 겨울

가리지 않고 계절 찾아 낚시하는 것을 최고의 기쁨으로
아는 남자

그 사람과 함께 산 지가 벌써 30년이 넘었다

그런 붕어 씨가 요즘 삽질을 한다

텃밭을 가꾸고 장미 넝쿨을 손질하며 고랑 파고 진딧물
약을 뿌려주며 생활한다

이제 붕어씨 와도 중간결산을 봐야 하는 시점이다

내가 생각하는 그 사람을 글로 표현한다는 것이 무리일
수 있지만

최소한 부부지간 살면서 느끼고 아는 만큼만

그것이 그 사람의 생각과 다른 이미지 일지라도
내가 그 곁에서 느끼는 감정도 소중하고 애틋할 수
있으니

소리

그가 타는 오토바이 소리가 멈췄다

먹고 살려고 오토바이를 탄다

먹여 살리려고 부르릉

오토바이 뒤꽁무니를 깨문 개인택시

어째요, 내 아내와 내 새끼들

오토바이는 닷새째 꼼짝하지 않았다

아궁이

다시 집 지을 때는 꼭 아궁이를 만들어야지 직접 장작을 패서 말리고 그것으로 불을 지피고 솥에 씨암탉 두어 마리 대추랑 황기랑 육쪽마늘 듬뿍 넣어 푹 고아야지

구멍 속에서 활활 타오르는 불꽃은 내 어머니의 타는 가슴일 거야 불사르고 싶었을 거야 왕겨와 풍모가 단짝이듯 구부러진 허리와 매운 연기에 눈물이 삶이었어

곱은 손가락으로 돌렸던 풍모 손잡이 타오르는 불길이 그나마 위안이 되었던 날들 어머니는 부뚜막 앞에서도 아버지가 내리치는 바가지로 머리를 맞았었어

아궁이에서 꺼낸 숯을 화로에 넣고 부삽으로 꾹꾹 눌렀어 불씨가 오래가라고 그 속에서 뜨겁게 달구어진 인두로 아버지 마고자를 다리고 있던 어머니가 생각나

솥에서 내뿜는 김 때문에 시커먼 소맷자락으로 눈물 훔치는 일이 창피하거나 부끄럽다고 생각할 겨를 없었겠지 지난 일 다 잊었을까 일주일에 세 번씩 투석하는

어머니

　어머니 아버지 돌아가시면 그 집터에 아궁이 만들어
무쇠솥을 걸고 모락모락 김 피어오르는 저녁 동생들과
둘러앉아 뒷걸음질 쳤던 그 시절 이야기해야지

누드모델의 인문학

그녀는 책을 덮더니 냉장고에서 소시지를 꺼냈다

뭔가 쫓기는 듯 서둘러 커튼을 내렸다

질끈 묶었던 긴 머리를 풀어 헤쳤다

팬티를 벗어 이불 위 아무 데나 던졌다

원피스와 브래지어도 바닥을 뒹굴었다

다리 가랑이에선 피가 흘렀다

선홍색 아찔한 이야기

그녀는 인문학을 얘기하자고 했다

시를 쓰시는 분이니 이해할 거라며 청하를 권했다

차라리 그림을 그리는 편이 낫겠다 싶었다

벌떡 일어나 샤워를 하기 시작했다

물줄기가 그 계곡에 다다를 때마다 울었다

샤워기에서 퉁소 소리가 들렸다

그녀는 샤워 타올로 몸을 가리고 냉장고 문을 열었다

그와 나와 어머니

그에게 카스테라는 어머니였다

그의 어머니가 좋아하는 만큼 그도 카스테라를 좋아했다

나는 가끔 그를 위해 카스테라를 산다

나에게 카스테라는 빵이 아니다

자살 혹은 타살

그분들은 다 어디로 갔을까
저세상 어느 곳에서 행복하실까
역대 대통령은 모두 감방을 드나들고
자살하거나 죽이거나
목숨 부지에 자의는 사라졌다
국민을 위해 나라를 위해 정치하겠노라
목청껏 외치고 다니다가
세상의 이슬이 되는 것은 왜일까
타살일지 모른다는 의혹
음모일 거라는 의심
우리나라 국민은 불안하다
언제쯤 피바람에서 자유로워질수 있을까
지금 뉴스 속 화면의 지도자
또 언제 감방에서
습기 머금다
자살이든 타살이든 목숨 잃으면 어쩌나
태풍으로 밤새 뒤척이는 블라인드

다락방에서

죽음이란 무엇인가

셸리 케이건을 찾느라 올라간 다락방

분명 거기서 본 적 있는 기억을 더듬느라

설치고 뒤척이며 뜬눈으로 지새웠는데

죽음은 죽음이 아니라

소멸은 소멸이 아님을

얼마나 살지 모른다고

언제 죽을지 모른다고

어디서 어떻게 죽을지 모른다는 것

죽음도 선택할 수 있는 것인가

그렇다면 자살인가 타살인가

삶의 포기가 단순한 자살일 수 있는가

누구에게나 단 한 번뿐인 삶이라는 것

이것도 전략이 필요한 유치한 논쟁

유리병 속 알 커피에 곰팡이 피어 엉겨 붙어 있는 건

플라스틱 콜라병 바닥에 남아 있는 방부제는

죽음인가 환생인가

다락방에서 셸리 케이건은 타살이다

츄르릅 츄

후텁지근한 눅눅함과 비린내 스멀거리는 장맛비가
장대같이 내리는 아침 C와 함께 아메리카노와 머핀으
로 브런치를 하고 있는데 마른 몸에 반짝이는 이마가 쑥
들어오는 것 보았다

C는 아침부터 멜랑콜리 몽정이니 자위니 하며 남성
의 성폭력 극복기를 얘기했고 나는 머리와 몸이 일치할
수 없는 강박관념에 대하여 논쟁했고 P는 둘이 하는 얘
기가 길가까지 크게 들리더라는 말을 했다

뼛속까지 시원해지는 아이스아메리카노를 주문한 P
친구의 장례식장에서 이틀간 있다가 내 얼굴이나 보자
고 들렀다고 했다

마침 그는 아침 일찍 볼일을 보러 나갔고 비는 장대
같이 내리고 있고 C와 멜랑콜리 주제로 떠들고 있었으
니 겸연쩍긴 했다

눈치 빠른 C가 가게 오픈한다고 자리를 떴다 P와 내가 어색할 수 있는 입장이지만 이미 그런 시기와 세월은 충분히 지났으므로 못다 한 속내를 뱉어대며 절묘한 타이밍을 획득한 P에게 불행 중 다행이라며 상갓집 얘기와 펜션 얘기와 뒷집 명국이 형 얘기 등등

나는 지금이 아이들에게 안정감 있어 좋다고 했다 만나고 있는 여자는 있냐고 P에게 물었다 비우고 내려놓고 상관하지 말고 편하게 해주는 사람 있으면 곁에 두라고 했다

아직 그대로이고 눈에 맞는 사람이 없다는 P 결혼해서 가정을 갖고 살다 보면 생각과 선택이 더 신중해진다고 P에게 말해주었다

아이스아메리카노 빨대를 입에 물고 츄르릅 츄 소리가 나더니 때 되었으니 뭘 먹으라며 걱정했다 저는 친구들 만나서 장례 마지막을 지켜보러 간다나

일부러는 아니지만
숨길 것도 없지만
그 사람이 없을 때 와서 다행이라고

빨간 냄비

즉석 떡볶이 파는 가게 이름 빨간 냄비

앞집 건물 상가 식당 이름 소풍

소풍이 떠난 후 주인이 직접 차린 식당

그 식당은 떡볶이만 빨개

무쇠솥에 콩나물 가득 얹힌 떡볶이 파는 집

비가와도 바람 불어도 간판이 밤새도록 빨개

떡볶이에 생맥주 한 잔 어떠냐고 물어

혼밥러와 혼술러를 유혹해

빨간 냄비에서 낭만을 즐기자 하네

나는 혼자 여행하며 소풍하고 싶거든

제4부

전당포에는 출구가 없다

누워 있는 시체보다
서 있는 시체가 많아질 때
우리의 식물과 동물은 잠을 자지 못하고
제대로 숨을 쉴 수 없을 것이다
밟히고 잘려나가는 목숨이 나열될 것이고
뜯기고 뽑히는 피해로 저 산은 곧 무너질 것이다
사람은 그냥 누워만 있는 것이 아니라
공중을 둥둥 떠다니며
회전으로 부딪히며 혼란을 주고
펄럭이던 깃발은 우수수 떨어지게 될 것이다
그럴 것이다, 아마도
격자무늬 창은
자음과 모음으로 흩어지고
사슬의 자물쇠는 더욱 단단히 조여지게 될 것이다
쌓여있는 상자는 우르르
날 선 칼갈이 남자는
그녀의 등을 잠깐 바라 보다
저녁 그림자 덮일 때까지 기다릴 것이다
곧 시체를 찾으러 가야 한다
음악이 흐르는 전당포엔 모두 누워 있는 시체뿐이다

삼선 쓰레빠

군용제품을 좋아한 나는
슬리퍼도 군용 삼선 쓰레빠를 신었다
집 베란다에
화장실에
다용도실에도 삼선 쓰레빠
하다못해 카페에서
원산도 펜션에도
공주 친정집 여러 곳에 그것들을 갖다 놓았다
이제는 주변 지인들에게 선물로 주곤 한다
아무 데서나 쓰레빠를 끌고 다닌다고 핀잔하는 사람도 있다
눈을 흘기든
혀를 차든
뒤에서 욕을 하든 나는 아무 상관 없다
그냥 내가 좋아하는 군용제품이기 때문에
그냥 신고 다니는 것이다
군용 티셔츠와 군용 배낭
군용 팬티와 군용 내복 등 그것이 난 좋다
고등학교를 마치고
군인이 되겠다는 나를

결사반대로 '여자가 무슨 군대냐'며
군대를 못가게 했던 아버지에 대한 반항일까
난 지금도 갈 수만 있다면 여군이 되고 싶다
멋진 군인과 결혼도 하고 싶다

이별의 휘게hygge

365일 동안
24시간
쉬지 않는 심장에 휴식을 주고 싶다

이기적이어서
지극히
계산적인 사람에게서 떼어내고 싶은 심장

검은 점이 박혀 있는
붉은 울화
제멋대로 그은 선들이 엉켜 우는 밤

살고 싶지 않아
쿵쾅거리는 의지와 상관없이
어떤 못의 박힘은 쓸쓸히 비웃고 있다

쓸모 찾는 어린아이의 울음과
칭얼대는 아버지의 눈물과
그들에게 보여줄 수 없는 희망에게

평생토록 천둥 같은 박동 소리 꺼내
빨랫줄에 해를 널듯
솔가지에 달을 걸듯 침대에 눕히고 싶다

땅의 문

터진 신발 밑창에서 땅과 연결된 문을 발견한다 발을
움직이자 나무뿌리 틈으로 소리가 흘러나왔다 발가락
에 힘을 주고 지냈으니 눌린 것들의 소란은 도무지 위
로 오르지 못했다

나무 밑동이 전해주는 야사野史나 자식들 몰래 내뱉는
어머니의 한숨이나 대개 이런 소리는 바닥으로 깔리는
데 누워야만 들리는 소리가 있다

퇴적층의 화석처럼 생생하게 굳어버린 이따금 죽음
을 맞는 비명처럼 높이 솟구치는 발자국을 잃고 주저
앉은 소리

소나무는 자신이 들은 소리를 잎으로 표현했다 콕콕
찍어 땅속에 저장하기도 하고 땅에 발자국 한번 남기지
못하고 지워진 태아는 소리의 젖을 먹고 나무가 된다는
걸 당신은 모른다

낡은 라디오 잡음처럼 바닥을 기어 다니는 뿌리 곁에
밑창 터진 신발을 내려놓았다 서서히 땅의 문이 닫히
기 시작했다

　오래된 소리를 다 비워낸 문은 새로운 이야기로 층층
이 굳어지고 나무들은 땅속에 입을 둔 채 소리의 발자
국으로 배를 채웠다

셔터 마스크

우체국 앞에서 줄을 서네
농협 앞에서 줄을 서네
약국에서 줄을 서네

줄을 서네
줄을 서네
줄을 서야 하네

이참에 입을 닫아요
아예 입을 막아요
계속 막아보시지요

셔터 마스크
셔터 마우스
헉, 헉, 헉,

촉觸

새의 심장 박동수가 들리지 않는다

내가 공을 볼 때 그들은 나를 보고 있다

무엇무엇은 취소되었습니다만, 간헐적 느슨

무엇무엇에 의한 추억이 소환되고 있음을 안다

늪

수면 위는 모두에게 평화
허우적거릴수록
발버둥 칠수록
찌꺼기들 속으로 끼어드는 슬픔
가질 수 없는 것들을 하나둘씩 꺼낸다
사라지지 않는 자취
사라지는 것들
만져지지 않는 허무
만져지는 것들
외칠수록 허허로운 말
문학이 인생처럼 삭혀져
물 위에 뜰 때
우리는 형체 없이 흘러가게 될 것이다
흐르고 흘러 바다에 닿을 것이다
고리타분은 소금에 절여질 것이다

지금까지가 아니라 지금부터예요

물난리로 구십 대 노부부가 인삼밭에서 허탈한 표정을
하고 있다

여태껏 태어나서 처음 있는 일여

어떻게 해볼 도리가 없어

이거 대체 어떻게 하잔말여

인삼이 싹쓸이된 것을 바라보며 하는 말

이럴 땐 워치기 해야헐지 모르겠어

나는 종종 홧김에 불을 지르곤 했다

소형차 티코를 타고 다니다 폼내야 할 상황이 생겨 그랜저랑 바꿔 타자고 했다가 보기 좋게 거절당하자 즉시 자동차 영업소에 전시된 소나타 빼서 시내 활보하고 다니다 걸렸던 적

신혼 사글셋방 사는데 집주인이 아니꼬운 소리로 자존심을 긁어놓길래 그 길로 외쳤지만 수석동 서민 아파트라도 내 집을 마련하겠노라고 빚 얻어서 계약하고 통보했던 적

첫사랑을 만나 다단계에 빠져 시도 때도 없이 세미나에 워크숍 그룹미팅이라며 싸 돌아다니던 남편이 미워 서방질이라도 해야 직성이 풀릴 것 같아 사방을 둘러봤지만 허탕 친 적

쥐뿔 고만고만한 글솜씨 가지고 유세 떨며 잘난 척하는 꼴이 우습고 쏠찬이 보기 싫어 대학과 대학원 제도권에서 문예창작학을 전문으로 배우고자 진학한 적

트랙터로 보얗게 로터리 쳐 놓은 밭이 단지 너무 예쁘고 농촌의 향수를 느끼고 싶다는 이유로 한적한 팔봉 어송리에 전원주택을 짓고 살겠노라 대출받아 땅을 산 적

호수공원 산책하며 우아한 노년을 맞이하리라 늙어 가는 것은 아름다워야 한다는 미명 아래 고급지 게 생활하며 월세 임대료 받으며 노후를 보내고자 주식 처분해 후다닥 건물 저질러 버린 적

시인의 밥을 지어 소나무와 뜰이 있는 피크닉 테이블에서 바다로 빠지는 저녁노을 바라보며 저녁 식사를 꿈꾸고 그곳에서 영원히 애송할 수 있는 명시를 생산하겠노라 원산도의 펜션을 인수한 적

형제들 여럿이라야 모두 동생이고 신장 투석하는 부모님이 함석지붕 아래 냉골에서 화장실 한번 가려면 수십 발짝 걸어야 닿는 게 영 편치 않아 대 저택을 지어드린 적

이 모두가 따지고 보면 홧김에 저지른 사건들이다 이러지말자 하면서도 난 오늘 또 새로운 일을 저질러야 직성이 풀린다 죽어야 고쳐질 병

곱슬머리

스트레스를 스트레이트파마로 푼다 곱슬머리를 피고
나니 어지럼증이 줄어든 기분이다 팽팽한 안압과 묵직
한 두통이 억누르는 시간 그대를 만나면 어김없이 나타
나는 버릇 같은 염병 그대는 나를 만나면 어떤 기분인
가요 혹 나보다 더한 불쾌감을 느끼나요 저절로 인상이
써지며 말 섞기 싫은가요 사람 앞에 놓고 제 감정 숨기
느라 안절부절 못 하나요 네가 본 나는 어떤 사람이냐
고 그대에게 물었다 당신은 참 이기적인 여자야 돈밖
에 모르는 속물 같아 텅, 텅, 텅 비어지는 자존심 그대
는 어쩌면 단 하나도 맞는 게 없을까요 안 맞아도 이렇
게 안 맞을 수가 없어 옆에서 보기에 멋적었는지 동생
이 말했던 '로또'가 생각났다 한 번만 맞아라 한 번이라
도 맞아 줘라 맞추려 맞춰보려고 희망을 사서 속는 셈
치고 또 살아보고자 노력하지만 그대에게 기대하는 희
망이란 뻔한 것이어서 차라리 도박을 꿈꾸기도 하지 나
는 그대의 덫에 걸려들어 빠져나오지 못한다 곱슬머리
가 유전인 것처럼

필사적必死的 필사筆寫

　지기 싫어하는 마음은 예나 지금이나 제 버릇 남 못
주는 게지 달리기를 해도 필사적으로 뛰었고 주산 경시
대회에 나가서도 필사적이었지 테니스 대회에서도 필
사적으로 뛰었지만 모든 영예는 혼자서 이뤄낼 수 없음
을 알았지 엄마는 공부하는 일을 그렇게 악쓰고 해봐라
혀를 끌끌 찼지 팔순 넘긴 여류 시인이 문학을 공부하
며 대학노트 20권이 넘는 필사를 했다지 좋아하는 시,
좋아하는 시인의 프로필, 자신의 일생을 담은 일기, 시
창작 모두 거기에 빼곡한 알곡으로 차 있었네 젊은 청
춘이 있는 곳에 섞여 당당히 겨뤘던 필사적 몸부림 우
울증이 와도 시로 위로받으며 치매 걸린 남편을 요양원
보내고 죄인처럼 사는 그녀 포도송이처럼 부풀어 오르
는 필사적 필사만이 그녀를 살릴 수 있다는 믿음 때문
에 나도 따라 필사에 나선다

나방의 방황

어쩌다 여기 들어왔니

불빛 그리워 따라온 거니

있어 보니 별거 아닌가 보구나

벌써 몇 분째 유리창을 기어오르는 거니

날개 퍼득이며 파다다닥 너의 몸부림 소리에 잠을 깼잖니

나가고 싶은 거니

너 살던 그곳으로 다시 돌아가고 싶구나

남의 떡이 좋아 보이는 건 허세란다

있는 힘 다해 바둥거리다 툭 떨어지네

꼼짝 않는구나 닫힌 문 열고 나갈 수가 없구나

누군가의 도움이 필요한 거지

문 열어 줄 구세주를 원하니

모든 것은 네 숨이 멎기 전의 일이지

역지사지 易地思之

애초에
콘크리트 바닥을
뚫고 싶지 않았다

민들레도
넓은 들판에서
꽃 피우고 싶었으니까

피사체被射體

어젯밤 바다의 뒷다리를 물어뜯은 검은 고양이

절뚝거리며 집으로 오는 동안

바다는 찍소리 한번 내지 못했다

폐경기

콩밭에서 나는 소리
청보리밭에서 부대끼는 소리
호밀밭에서 멀어지는 소리

오소소오소서
오소소오소서

그 바람은 우지도 않네
그 바람은 쉬지도 않네

제5부

적반하장

잘못하고
큰소리치는 사람

기만하고
무례한 사람

속이고도
웬 난리냐며 화를 내는 사람, 사람들

이런 세상 속에 살고 있네
점점 상실의 시대 깊어지네

우울한 거짓

세상만사 준비하며 살자
뜻을 세웠으면
자격요건을 갖춰놓고 손들자
당선되고 갖춰놓겠다는 말
너무 웃프고 비참해
다른 데도 아니고 문단에서 이러면 어째
무엇이 너를 그렇게 만들었을까
어쩌려고 그랬니
우울해 우울해
준비도 없이 말랑하게 본 것
거짓말도 참말처럼 하는 것
모두를 감쪽같이 속인 것
모두 우울해 우울우울
"유리할 때는 불리할 때를 준비하고 불리할 때는 솔직
해지라"는 말
그렇게 하고 싶었으면
미리미리 준비하지 그랬어

시장은 반찬

시장이 치킨을 먹어요
생맥주를 마셔요
즐거워요
끊었던 담배 생각이 나요
공복에 치맥을 하면 그래요 늘
테이블엔 반찬이 없어요
달랑 단무지 하나죠
시장市場은 반찬이에요
모두가 시장詩章을 바라봐요
눈을 마주쳐요
입속에 치킨이 들어 있어요
웃으며 시장時獎의 반찬을 먹어요
반찬이 시장하니까요

흰개미

한낮 뜨거운 지열
화끈거리는 살갗을 달래려
피한 그늘 돌 틈에서
개미의 하얀 알이
떡고물처럼 깔린 것 보았다

수만 마리의 유충
무거운 돌 등에 업고
켜켜이 쌓여 무게를 밀어내는가
가느다란 몸으로 쉬지 않고
식구를 늘려가는 저 대왕 제국의 어머니

그 돌 들썩였다가
하도 징그럽고 엄두가 안 나 쾅 놓았다
개미에게 잘못했나 싶어
다시 들어 올렸더니 더 난리다
그들에게 나는 침략자고 약탈자였으리라

5月

근로자의날

어린이날

어버이날

스승의날

성년의날

부처님오신날

부부의날

이혼을 꿈꾸기도 하는 달

청춘이 그렇더라

여러 날이 그렇더라
그동안이 그랬더라
손끝에 매달려 보챘던 시절이었더라
청춘으로 파랗던 용기勇氣
붉게 타오르더니 저절로 떨어지더라

누군가 밟고 지나가더라
그 소리 좋다고 발로 또 밟더라
밟혀야 살아나는 족속들
내가 거름인 줄 모르는 속물들이더라

낙엽 되어보니 알겠더라
안간힘쓰며 아파보니 알겠더라
때가 되면 떨어져 지는 것들
색바래 붉어진다는 것

다 그렇더라
바닥에 엎드려보니

삶이 더 바스락거리더라
영원할 것 같던 영원은 없더라

한참을 찬란하다 착각했더라
젖은 눈물은 차갑고
찬바람은 눈물겹고
이 순간이 참으로 아프며 감사하더라

악어의 눈물*

교활한 자여, 눈물 흘리지 마라
그 눈물은 가증스럽게 차갑다
무시하는 눈물은 아무도 인정하지 않는다
모두를 밟고 흘리는 눈물
악어에 물려본 눈물이
짠지 맹탕인지는 네 입속에 넣어보면 안다
사람의 눈에서 흐르는 물은 뜨거워야 한다
뜨거움을 타고 가랑이까지 적셔야 한다
흐르다 마르고 마는 거짓 눈물
우리는 그 눈물에 속지 않을 것이다
망령의 눈 뜨고
물과 불 사이 분간을 모르고
통제하지 못하는 악어
뾰족한 이빨 씹으며
입속으로 들어가 먹히는 상상하며
낙하산 눈물은 위선이다
동정의 눈물 흘리지 마시라
만약 슬퍼서 흘리는 눈물이라면
제자리로 돌아가 면벽 수행하시라

* 이집트 나일강에 사는 악어는 사람을 보면 잡아먹고 난 뒤에 그를 위해 눈물을 흘린다는 고대 서양 전설에서 유래하였다. 위선자의 거짓 눈물, 교활한 위정자의 거짓 눈물 등을 뜻하는 말

그 남자랑 똑같은 여자가 있었네

조건을 따질 때가 아니란 걸 모르네

부정했음을 인정하고도 내려놓을 줄 모르네

속인 것도 모자라 동정과 눈물로 호소하네

무엇이 진리인지 무엇이 거짓인지 분간 안가네

배가 산으로 가네

사공이 제멋대로 노를 젓네

사과는 기회가 아니라 처분을 묻는 거라네

착각과 망상으로 문단을 농락하네

두 손으로 얼굴을 가리면 하늘이 덮어질까

진정한 반성은 겸손해지는 거라네

도와주고 사랑해 달라는 말은 나중 일이라네

누가 누구에게 부탁한다는 것은 인정받을 때 하는 행위라네

낙하산을 즐겨 타는 여자와 똑같은 남자가 있었네

문학관을 말한다

문학관 하나 짓고 싶다

이름을 청춘문학관이라 지으면 어떨까?

듣기만 하여도 젊어지는 것 같다

생명을 불어넣는 따뜻한 봄바람 닮은 이름

이 얼마나 아름다운 생각인가

이상을 품은 청춘은 굳세다

방황하는 청춘은 용감하다

이 얼마나 뜨거운 심장인가

내 마음속에 부지敷地를 사들인다

늙어가는 청춘이라 할 말도 많을 텐데

훗날 어쩌면 내가 그곳에 쭈그리고 있을지 모르네

바람불면, 원산청춘문학관으로 놀러 오시라

우리의 거기

흐르고 흘러 닿았지

나의 스물아홉을 위하여

괜찮아, 괜찮을 거야
그립고 보고 싶을 때도
그 말만 되뇌었지

너는 시를 쓰고
나는 쓰디쓴
삶을 까발리고

아가야, 잘 있지
그립고 보고 싶어도 참아야 해
죽음은 나보다 네가 선배였지

유구무언有口無言

이제 떠돌지 말고
같이 살자

뭘 자꾸 잘못하고

그 사람 마음 잘 모르고
알려고 하지도 않았고
드러낸 적 없었고

뭘 하고 있는지 알지 못하고
이렇게 시간만 보내고
서로 눈치만 보고

할 말이 없는 것처럼 눈만 끔뻑거렸지
무얼 말하려는지
무엇을 하고 싶은 건지

염려는 염려로 끝나지 않았고
올 것이 온 순간에도 화를 내었고

얼굴에 침을 뱉겠나
입에 재갈을 물리겠나

시집詩集은 시媤집이 아님을

그러지 마라
그게 뭐라고

시 쓰려고
시인이 되려고
모진 소리 들어가며
시집詩集 갔지 않았나

그러지 마라
그게 뭐라고

그러니까 꽃

내가 몰랐던 꽃
나를 알아주는 꽃

서로의 꽃 되어
남은 생生 살고자 했네

그 꽃을 사랑했네
그 꽃을 사랑하네

에필로그

원산도,
서해의 막장을 들어 올리다

- 신문 보도기사 및 자료 모음

<에필로그>

원산도, 서해의 막장을 들어 올리다
- 신문 보도기사 및 자료 모음

■ 원산도元山島
해맞이와 해넘이를 동시에 볼 수 있는 섬

출처 [네이버 지식백과]
원산도[元山島] - 해맞이와 해넘이를 동시에 볼 수 있는 섬
(한국의 섬 - 충청남도, 2016. 7. 25., 이재언)

■ 원산도 개요

면적 10.28㎢, 산높이 118m, 해안선 길이 28.5㎞인 원산도는 보령시 대천항에서 서쪽으로 11㎞, 안면도 영목항과는 불과 1.8㎞ 지점에 위치한다. 부근에 효자도, 고대도, 안면도 등이 있다. 고려 25대 충렬왕 때 대사성 최해 부자가 이곳에서 귀양살이를 하면서 시를 지어 인물과 풍습을 읊었다는 이곳은, 이후 1914년에는 구릉이 많고 산이 높으며 뫼 산山자 모양을 닮았다 하여 원산도라 고쳐 부르게 되었다 한다.

이 섬은 옛날에는 고만도 또는 고란도라고 불리기도 했다. 대천항에서 출발한 배는 안면도 영목항을 닿고 원산도 선촌항과 저두항에 정박한다. 오천항에서 출발한 여객선은 영목을 지나서 원산도 초전항으로 온다.

- 출처 [네이버 지식백과] 원산도元山島 - 해맞이와 해넘이를 동시에 볼
   수 있는 섬 (한국의 섬 - 충청남도, 2016. 7. 25. 이재언)

■ 원산안면대교元山安眠大橋

국도 77호선의 일부로 충남 원산도와 안면도를 연결하는 해상교량. 길이 1.8㎞, 왕복 4차선 규모이다. 보령-태안간 국도 77호선(충남 보령시 신흑동 - 충남 태안군 고남면 고남리 간 14.1㎞)의 일부를 이루어, 대천항 - 원산도 구간을 관통하는 해저터널과 함께 원산도를 육지와 연결한다. 2010년 12

월 착공해 9년 동안 2,082억원이 투입되었으며 2019년 12월 26일 개통되었다.

충청남도 태안군 안면도와 보령시 오천면 원산도를 잇는 다리. 국도 77호선의 일부로, 왕복 4차선, 길이 1,755m의 사장교이며, 전국의 해상교량 가운데 6번째로 긴 다리이다. 보령해저터널(6.9㎞)과 함께 보령-태안간 국도 77호선(충남 보령시 신흑동 - 충남 태안군 고남면 고남리간 14.1㎞)의 일부를 이루어 원산도를 육지와 연결한다. 2010년 12월 착공해 9년 동안 2082억원이 투입되었으며 2019년 12월 26일 개통되었다.

원산안면대교가 포함된 국도77호선은 충남 보령시 신흑동에서 태안군 고남면 고남리(14.1㎞)까지 총사업비 6879억원을 투입, 2021년말 개통을 목표로 건설되고 있다. 보령시와 원산도, 원산도와 안면도를 잇는 두 해상구간에 해저터널과 해상교량이 포함된 난공사 구간이 들어 있다. 대천항~원산도 구간(8.0㎞)에는 국내에서 가장 긴 터널로 기록된 보령해저터널이 있으며, 2019년 2월에 상행선, 6월에 하행선이 관통된 바 있다. 원산안면대교가 포함된 원산도~안면도 구간(6.1㎞)은 추가 공사 후 2021년 12월에 개통할 예정이다.

해저터널과 원산안면대교가 연결되는 보령-태안간 국도 77호선이 완공되면 대천해수욕장에서 안면도 영목항까지 차로 이동하는데 거리는 75㎞에서 14.1㎞, 소요시간은 110분에서 10분으로 크게 줄어든다. 충청남도는 안면도와는 해상교량으로, 보령시와는 해저터널로 이어지게 된 원산도를 원산도의 사창해수욕장 일원에 414억을 들여 2025년까지 해양레저관광 거점을 조성할 예정이다.

- 네이버에서 발췌

■ 보령해저터널

충청남도 보령시 대천항에서 원산도를 잇는 해저터널. 길이 6,927m. 보령-태안간 국도 77호선(충남 보령시 신흑동 - 충남 태안군 고남면 고남리간 14.1㎞)의 일부이다. 2012년 11월 착공, 2019년 2월 상행선에 이어 6월 10일 하행선이 관통되었다. 보령해저터널은 국내에서는 가장 긴 해저터널이며, 세계에서 5번째로 긴 도로용 해저장대터널로 기록되었다. 보령 -태안간 국도 77호선은 2021년 말에 완전히 개통될 예정이다.

국도 77호선의 일부로 건설중인 해저터널. 국도 77호선은 보령시 신흑동과 태안군 고남면을 잇는 구간(14.1㎞)으로, 보령해저터널은 이 중에서 보령시 대천항에서 원산도를 해저로 연결하기 위해 건설되고 있다. 상행과 하행이 분리되어 있으며, 각각 엔에이티엠(NATM) 공법을 사용하여 굴착 했다. NATM 공법은 화약을 이용해서 암반을 굴착 하면서 동시에 암반벽체에 보강용 철재를 고착하고 콘크리트를 뿜어 터널의 기초공사를 하는 공법이다.

보령해저터널이 완공되면, 길이 6,927m로 한국에서 최장의 도로용 해저터널로 기록된다. 그전까지는 5.46㎞의 인천북항터널이 가장 긴 해저터널이었다. 지상의 터널 길이로는 서울-양양고속도로의 인제양양터널(10.96㎞), 동해고속도로의 양북1터널(7.54㎞) 다음으로 긴 터널이다. 보령해저터널은 또한 세계에서는 5번째로 긴 도로 해저터널이다. 세계에서 가장 긴 도로해저터널로는 일본의 동경아쿠아라인(9.5㎞)가 있으며, 그 다음으로 노르웨이의 봄나피요르드(7.9㎞), 에이커선더(7.8㎞), 오슬로피요르드(7.2㎞)등의 순서이다. 철도용 해저터널로는 영국의 도버와 프랑스 칼레를 연결하는 채널 터널(37.9㎞)이 유명하다.

보령해저터널이 포함된 국도77호선은 충남 보령시 신흑동에서 태안군 고남면 고남리(14.1㎞)까지 총사업비 6879억원을 투입, 2021년말 개통을 목표로 건설되고 있다. 이중 해상교량이 포함된 원산도~안면도 구간(6.1㎞)은 2019년 12월에, 보령해저터널이 포함된 대천항~원산도 구간(8.0㎞)은 추가 공사 후 2021년 11월에 개통할 예정이다.

- 네이버에서 발췌

■ 보령시, 국내 최초 섬과 섬을 연결하는 해상 관광 케이블카 설치

충남 보령시에 국내 최초로 섬과 섬을 잇는 해상 관광 케

이블카가 들어선다.

시에 따르면 원산도 해양 관광 케이블카 설치 사업은 오천면 원산도와 인근 삽시도를 잇는 것으로, 총길이는 3.9㎞에 달하고 케이블카 정류장 2개소가 설치된다.

이 사업은 올해부터 오는 2024년까지 민자로 약 1000억 원이 투입된다.

특히 올해 말 국도77호 보령해저터널의 개통을 앞두고 관광인프라 확충에 시너지효과가 기대되어 더욱 주목받고 있다.

이에 따라 시는 28일 시장실에서 김동일 시장과 이동주 범양건영 대표 등 관계자가 참석한 가운데 원산도 해양 관광 케이블카 설치 사업 민간투자 실시 협약을 체결했다.

이에 앞서 시는 지난 2019년 해양 관광 케이블카 설치 추진 계획을 수립하고, 설치 타당성 조사 용역을 거쳐 지난해 10월 민간 투자사업자 모집 공고와 제안서 평가를 통해 우선 협상 대상자로 범양건영(주)가 선정돼 이날 협약에 이른 것이다.

시는 이날 협약으로 올해까지 기초조사를 실시하고, 내년 도에 조성계획 및 연계사업 협의 후 행정절차 이행, 2023년 공사에 착공해 2024년 완공한다는 계획이다.

시 관계자에 따르면 현재 대부분의 관광 케이블카가 산과 평지, 육지와 섬을 연결하는 유형이지만 원산도 해양 관광 케이블카처럼 섬과 섬을 연결하는 것은 우리나라에선 최초라고 밝혔다.

또한 앞으로 해양 케이블카가 설치 완료되면 서해의 올망

졸망한 90여 개의 섬과 바다가 펼치는 아름다운 풍광을 볼 수 있어 많은 관광객이 찾을 것으로 전망하고 있다.

보령시는 "이 사업은 국도77호 보령해저터널 개통과 버금가는 관광 시너지효과가 기대된다"며 "사업이 조기에 추진될 수 있도록 행정지원에 총력을 기울이겠다"고 밝혔다.

- 2021. 4. 28. 보령시청 제공

■ 서해안 최대 해양리조트, 원산도 대명리조트 조성 사업 속도 낸다.

충남 보령시에 들어설 서해안 최대 규모의 해양리조트 조성사업이 속도를 내면서 연내 착공될 것으로 보인다.

시는 ㈜대명레저산업(이하 대명)으로부터 원산도 대명리조트 관광단지 지정 및 조성계획 승인신청(이하 신청서)을 받아 관련부서의 관련법 검토와 보완을 거쳐 지난 9일자로 충청남도에 제출했다고 밝혔다.

원산도 대명리조트(이하 리조트) 조성사업은 7000억 원의 사업비가 투입돼 호텔, 콘도미니엄, 컨벤션, 아쿠아월드, 승마장, 키즈파크 등 2253실의 숙박시설과 부대시설을 갖춘 서해안 최대 규모의 해양리조트로 건설하는 것이다.

리조트가 조성되면 고용창출 4만3000여 명을 비롯해 생산유발 2조4723억 원, 부가치 유발 1조3069억 원, 세수 1265억 원 등 지역경제 활성화는 물론 서해안 관광벨트의

허브가 구축돼 국내외 해양관광객으로부터 각광을 받을 것으로 예상되고 있다.

리조트 조성사업은 지난 2015년 5월 대명과 보령시가 MOU를 체결한 이후 환경영향평가 초안 공람과 주민의견 수렴과정을 거쳐 2016년 연말 최종보고서가 제출되었으며, 지난해 11월 환경영향평가 협의를 완료했다.

시는 앞으로 충청남도와 긴밀한 협의를 통해 승인신청관련 인허가 절차를 신속히 이행하고 관련부서와 관련 인허가 및 심의절차를 마무리해 연내 착공 할 수 있도록 지원한다는 방침이다.

보령시는 "원산도 대명리조트가 준공 운영되면 보령은 명실공히 대한민국 해양레저관광의 허브로 각광을 받게 될 것"이라며, "국내 최장의 해저터널로 연결되는 국도 77호 개통과 해양건도를 지향하는 해양도시 충남의 획기적인 모멘텀이 될 것"이라고 강조했다.

그러면서, "보령은 2020년 전후에는 현재 추진 중인 철도, 도로 사업이 대부분 마무리 되어 접근성이 획기적으로 개선된다"며, "무역과 관광을 아우르는 다기능 항만으로 개발 중인 보령신항 추진에도 속도감을 더해 외국인 관광객 유치기반을 마련하겠다"고 강조했다.

한편, 30만 명 이상의 회원을 확보한 리조트의 명가 대명은 전국적으로 16개소의 복합리조트를 운영하고 있으며 보령은 19번째 리조트이다.

- 2018. 2. 14. 보령시청 제공

■ 보령시, 효자도 어촌뉴딜 300사업 기본 및 설계용역 착수

보령시는 지난 23일 시청 상황실에서 어촌어항공단, 용역사, 효자도 이장 등 관계자 20여 명이 참석한 가운데 효자도 어촌뉴딜 300사업 기본 및 설계용역 착수보고회를 가졌다고 밝혔다.

이번 보고회는 어촌의 혁신 성장을 위해 낙후된 선착장 등 어촌의 필수 기반시설을 현대화하고, 지역의 특성을 반영한 어촌어항 통합개발을 통한 지역경제에 활력을 불어넣을 효자도 어촌뉴딜 300사업의 구체적인 사업 방향을 설정하기 위해 마련됐다.

효자도 어촌뉴딜 300사업은 ▲호안 접안시설 및 어업 공동작업장, 명덕 해변공원 조성 등 7개 사업 86억 원 ▲어촌민속가옥 및 커뮤니티센터 조성, 마을경관 정비 등 4개 사업 50억 원 ▲주민 역량강화 교육 및 도서 브랜드 개발 등 소프트웨어 분야 5개 사업 7억 원 등 모두 157억 원을 투입하게 된다.

앞서 시는 지난해 해양수산부로부터 기본계획 승인, 한국어촌어항공단과 업무위탁대행 협약을 체결했으며, 올해에는 기본 및 설계용역과 지역 역량강화사업 용역 착수, 인·허가, 토지보상 등을 완료하고 하반기 공사 착공을 통해 내년도 연말까지 사업을 준공한다는 방침이다.

효자도는 지난 2012년 미국 CNN에서'한국의 가장 아름다운 33개 섬' 중 하나로 선정될 만큼 수려한 경관을 갖추

고 있으며, 효孝와 관련된 이야기와 백년가옥 등 문화자원이 존재하고 있지만 지속되는 인구 유출과 노령화로 섬에 활력을 잃어가고 있다.

이에 시는 효자도의 백년가옥을 토대로 전통 어촌가옥과 전통포구 및 목선, 전통어구를 전시·체험하는 어촌민속마을을 조성하고, 효자도 설화를 스토리텔링화해 효 테마공원 및 체험프로그램을 마련해 체류형 관광지로 가꿔 나갈 계획이다.

또한 수려한 경관을 바탕으로 어촌민속마을로의 경관 정비를 통해 전통과 문화가 있는 어촌민속마을을 재현하여 지역의 정체성 확립과 자긍심도 고취해 나간다는 복안이다.

이와 함께 효자도항 개발 및 커뮤니티센터 조성으로 생활 SOC분야도 대폭 확충해 나간다는 구상이다.

해양수산관광국장은 "상대적으로 낙후된 정주여건을 개선하고, 도서 관광과 연계한 지역 내 특화사업 발굴로 미래 먹거리 산업 발굴을 통한 지역경제에 활력을 불어넣는 것이 어촌뉴딜 사업의 목적"이라며, "수려한 자연환경과 빼어난 관광자원의 지속가능한 개발로 효자도를 누구나 찾고 싶은 섬으로 만들어 나가도록 최선을 다하겠다"고 말했다.

- 2020. 4. 24. 보령시청 제공

■ 보령시 고대도, 국내 최초 개신교 선교를 테마로 한 '미션아일랜드'로 조성된다

보령시는 국내 최초의 개신교 선교 순례 역사를 지닌 고대도를 오는 2023년까지 선교를 테마로 한 해양관광문화 특화섬 '미션아일랜드'로 조성한다고 밝혔다.

고대도는 1832년 국내 최초 개신교 선교 활동을 한 독일인 선교사 칼 귀츨라프가 방문한 섬으로, 매년 칼 귀츨라프 기념행사를 개최하여 전국의 개신교 신도와 학생들이 학회, 수련회 등으로 꾸준히 찾아와 주목받고 있는 섬이다.

시는 고대도를 개신교 선교의 역사를 소재로 한 해양관광문화 특화섬으로 조성하고자 지난 2016년 사업비 4억3300만 원을 투입해 칼귀츨라프 기념공원과 해안탐방로, 산책로 등 관광기반시설을 조성했다.

또한 지난 2018년부터 고대도 해양문화관광 조성사업으로 사업비 39억 원을 투입해 화장실과 방문자센터를 설치했으며, 해양문화관광체험관을 올해 말까지 건립하여 관광 인프라를 대폭 확충할 계획이다.

특히, 오는 2022년부터는 고대도 별빛정원 조성사업을 통해 선교사의 길(L=2.9㎞), 별빛정원(A=1,300㎡), 순례자 쉼터, 영상전시관 등을 조성해 관광객들이 개신교의 역사와 칼 귀츨라프 선교사의 발자취를 돌아 볼 수 있도록 할 예정이다.

이를 위해 김동일 보령시장은 28일 고대도를 방문하여

지역주민과 함께 사업 예정지를 둘러보며 사업 추진 방향과 관광 테마 등 관련 내용을 함께 논의하고 주민들의 의견을 들었다.

보령시는 "보령해저터널이 오는 11월에 개통되면 보령의 섬에 대한 관광수요가 급격히 증가할 것"이라며 "고대도를 아름다운 자연환경과 개신교 선교의 역사가 어우러진 해양문화관광 특화섬으로 개발해 나가겠다"고 말했다.

- 2021. 9. 28. 보령시청 제공

■보령시, 어촌뉴딜 300사업 선정으로 원산도항에 60억 원 투입

보령시는 2021년도 어촌뉴딜300 사업에 오천면 원산도항이 선정돼 국비 42억여 원을 포함해 모두 60억8000만 원을 투입한다고 10일 밝혔다.

해양수산부가 주관한 어촌뉴딜 300사업은 어촌의 혁신성장을 돕는 지역밀착형 생활SOC 사업으로, 낙후된 선착장 등 어촌의 필수 기반시설을 현대화하고, 지역별 특성을 반영한 어촌·어항을 통합적으로 개발하는 것이다.

내년도 전국 공모사업에는 모두 236개소가 신청해 최종 60개소가 선정됐으며, 충남에서는 보령시를 비롯해 당진시와 서산시, 태안군, 홍성군 등 6개소가 선정됐다.

이에 따라 원산도항은 오는 2023년까지 60억8000만 원

이 투입돼 ▲선착장 정비 ▲여객터미널 조성 ▲효자도행 해
상택시체험 ▲수산물 건조장 및 음식체험장 증축 ▲어망어
구보관소 조성 ▲마을경관 개선 및 바지락 어장 진입로 등
을 조성하고, 주민역량강화를 위한 협의체 운영 및 컨설팅
등을 추진하게 된다.

이 밖에도 삽시도항과 월도항(효자2리), 녹도항 등 3개
지역은 여객선 기항지사업에 선정돼 모두 30억6000만 원
이 지원된다.

보령시는 "3년 연속 정부의 어촌뉴딜 300사업에 선정돼
섬 주민들의 정주여건 개선과 어항기능 복원, 쾌적한 어촌
환경 조성은 물론, 어촌관광 활성화와 어촌재생으로 어민
들의 소득 또한 획기적으로 향상될 것으로 기대한다"고 말
했다.

한편, 시는 어촌뉴딜 사업으로 지난 2019년 효자도, 2020
년 장고도, 고대도, 호도 등 3개소, 기항지 사업 등에 선정돼
오는 2022년까지 연차별로 총 462억 원을 투입한다.

- 2020. 12. 10. 보령시청 제공

■ 보령시 '원산도에 부는 봄바람' 해양 관광지로 급부상

보령시는 올해 말 보령해저터널(대천항~원산도)의 개통
시기에 맞춰 해양관광의 새로운 활력소가 될 원산도 관광
거점화에 총력을 기울이고 있다.

원산도는 2019년 원산안면대교 개통과 올해 말 국내 최장 해저터널 연계로 인한 접근성 향상으로 관광 유동인구가 급격히 늘어날 것으로 예상된다.

이에 맞춰 보령시는 2019년부터 국도77호팀과 원산도출장소를 신설, 행정조직 정비를 완료하고 체류형 관광거점으로 거듭나기 위한 주요 기반시설 확충 및 재정비에 박차를 가하고 있다.

그동안 보령시는 해수욕장 주변에 455대가 주차할 수 있는 공영주차장과 화장실 조성에 사업비 55억 원을 투입해 완료하였으며, 추가로 520면 규모의 주차장 조성을 2022년 상반기까지 사업비 111억 원을 투입 완료 예정이다.

국도77호 연결도로인 농어촌도로 202호 및 203호 등 4개 노선 확포장사업에 476억 원을 투입 연내 마무리하고 그 외 잔여구간에 309억 원을 투입 2023년 완료 목표로 관광객과 주민들의 교통 편의시설 마련에 힘쓰고 있다.

또한, 누구나 쉽고 편하게 체험하고 머무를 수 있는 체류형 관광단지로 거듭나기 위해 야영장 3개소를 설치해 운영하고 있으며 소록섬 주변에 13억 원의 사업비를 투입해 산책길 및 전망대도 설치할 계획이다.

원산도가 디지털스마트 관광지로 탈바꿈하기 위해 40억 원을 투입하여 친환경 모빌리티 공공플랫폼 구축사업도 올해 착공하여 2023년까지 완료 목표로 추진중이다.

아울러 깨끗하고 안전한 먹거리를 제공하기 위한 특산물 집적화센터조성과 푸드트럭을 활용한 푸드존 조성사업도 마련중이며, 특히 7억7000만 원을 투입하여 농촌유휴시설을 활용한 창업지원사업은 6월말 준공예정으로 원산도의 새로운 볼거리로 자리매김 할 예정이다.

보령시는 "올 연말 대천항과 원산도를 잇는 해저터널이 개통되면 서해안의 관광지도가 확 바뀌게 된다"며, "원산도가 서해안의 관광허브로 발돋움 할 수 있도록 관광인프라 구축에 최선을 다하겠다"고 말했다.

보령시는 올해 말 보령해저터널(대천항~원산도)의 개통 시기에 맞춰 해양관광의 새로운 활력소가 될 원산도 관광 거점화에 총력을 기울이고 있다.

원산도는 2019년 원산안면대교 개통과 올해 말 국내 최장 해저터널 연계로 인한 접근성 향상으로 관광 유동인구가 급격히 늘어날 것으로 예상된다.

이에 맞춰 보령시는 2019년부터 국도77호팀과 원산도출장소를 신설, 행정조직 정비를 완료하고 체류형 관광거점으로 거듭나기 위한 주요 기반시설 확충 및 재정비에 박차를 가하고 있다.

그동안 보령시는 해수욕장 주변에 455대가 주차할 수 있는 공영주차장과 화장실 조성에 사업비 55억 원을 투입해 완료하였으며, 추가로 520면 규모의 주차장 조성을 2022년 상반기까지 사업비 111억 원을 투입 완료 예정이다.

국도77호 연결도로인 농어촌도로 202호 및 203호 등 4개 노선 확포장사업에 476억 원을 투입 연내 마무리하고 그 외 잔여구간에 309억 원을 투입 2023년 완료 목표로 관광객과 주민들의 교통 편의시설 마련에 힘쓰고 있다.

또한, 누구나 쉽고 편하게 체험하고 머무를 수 있는 체류형 관광단지로 거듭나기 위해 야영장 3개소를 설치해 운영하고 있으며 소록섬 주변에 13억 원의 사업비를 투입해 산책길 및 전망대도 설치할 계획이다.

원산도가 디지털스마트 관광지로 탈바꿈하기 위해 40억 원을 투입하여 친환경 모빌리티 공공플랫폼 구축사업도 올해 착공하여 2023년까지 완료 목표로 추진중이다.

아울러 깨끗하고 안전한 먹거리를 제공하기 위한 특산물 집적화센터조성과 푸드트럭을 활용한 푸드존 조성사업도 마련중이며, 특히 7억7000만 원을 투입하여 농촌유휴시설을 활용한 창업지원사업은 6월말 준공예정으로 원산도의 새로운 볼거리로 자리매김 할 예정이다.

보령시는 "올 연말 대천항과 원산도를 잇는 해저터널이 개통되면 서해안의 관광지도가 확 바뀌게 된다"며, "원산도가 서해안의 관광허브로 발돋음 할 수 있도록 관광인프라 구축에 최선을 다하겠다"고 말했다.

- 2021. 3. 12. 보령시청 제공

■ 보령시, 육지로 변모할 원산도 해양문화유산 가치 발굴 착착

보령시는 내년이면 국도77호 해저터널 개통으로 육로로

이어질 원산도의 해양문화유산 가치 발굴에 적극 나서고 있다고 30일 밝혔다.

시는 지난해 원산안면대교 개통과 내년 해저터널 연결로 원산도의 전통 해양문화의 급속한 변화가 예상되고 있어 다양한 학술조사를 통한 원산도의 해양문화유산 가치를 보존하기 위해 지난 6월 문화재청 국립해양문화재연구소와 공동학술조사 업무협약을 체결했다.

이는 원산도의 문화, 생활, 전통 민가 등 분야별 학술 조사를 진행하여 해양문화유산의 조사·연구 역량을 강화하고, 지역 주민과 함께 참여할 수 있는 해양문화유산조사·연구 프로그램을 진행하기 위한 것이다.

앞서 시와 국립해양문화재연구소는 협약 이후 ▲수군진터, 봉수터 등 관방유적 등 문화조사 ▲마을과 민가 현황 등 생활 및 전통조사 ▲해상 및 항공 촬영 등 기록 조사 등을 추진해왔다.

또한 10월부터는 역사 및 민속분야 조사, 학술세미나 등을 개최하고, 내년 초에는 생활사 등 심층 조사를 통해 조사를 마무리할 계획이다.

아울러 지난 28일에는 원산도출장소에서 원산도 주민과 시 및 국립해양문화재연구소 관계자 등이 참석한 가운데 원산도 해양문화유산의 가치와 활용을 주제로 세미나를 가졌다.

이날 세미나에서는 변남주 국민대 한국섬역사연구소 연구원의 '고문헌에 나타난 원산도', 이경아 목포대 도서문화연구원의 '원산도 해양문화 콘텐츠 개발과 활용방안' 등 8명의 전문가로부터 주제 발표가 진행됐다.

또한 강성복 충청민속문화연구소장, 박종익 충남대학교 교수, 홍영의 국민대학교 한국섬역사연구소 관계자가 참여한 토론회를 진행해 원산도의 해양문화유산에 대한 가치 발굴과 보존의 중요성 등을 논의했다.

국립해양문화재연구소와 시는 조사 및 주민 의견 수렴 등을 토대로 내년 3월까지 학술조사를 완료하여 영상 다큐멘터리와 고고·역사·인류·민속학 분야 등을 종합한 보고서로 엮어내고, 지역민과 국민이 공유할 수 있는 영상 상영회와 사진전 등을 개최하는 등 해양문화유산 콘텐츠 발굴로 관광 사업에 활용할 계획이다.

보령시는 "과거 원산도는 고려초부터 조선말까지 세곡과 공물을 운반하던 화물선인 조운선의 주요 항로상에 위치했고, 해양방어를 위한 수군이 주둔한 군사기지인 수군진이 설치되었던 역사적으로도 가치가 매우 높은 곳"이라며, "이러한 원산도가 이제는 신 해양시대를 맞아 서해안의 랜드마크가 될 관광지로 변모할 계획으로 문화와 역사까지 잘 보존해 내기 위해 최선을 다하겠다"고 말했다.

- 2020. 10. 30. 보령시청 제공

원산도

원산도

원산도

원산도